# TAPISSERIES DE BRUXELLES

## DU XVII SIÈCLE

## Collection de Plats en ancienne Faïence Hispano-Mauresque

### à Reflets Métalliques

### Le tout provenant du CHATEAU D'EU

PARIS — 1907

IMPRIMERIE MAULDE et RENOU

MAULDE, DOUMENC & C<sup>ie</sup>

IMPRIMEURS DE LA COMPAGNIE DES COMMISSAIRES-PRISEURS

*Rue de Rivoli, 144. — Paris*

# CATALOGUE

D'UNE

# SUITE DE QUATRE TAPISSERIES

De la Manufacture de Bruxelles du XVII<sup>e</sup> siècle

De LEEFDAEL et VANDENSTRECKEN

ET D'UNE

## COLLECTION

DE

# Plats en Faïence Hispano-Mauresque

A REFLETS MÉTALLIQUES

Le tout provenant du CHATEAU D'EU

ET DONT LA VENTE AUX ENCHÈRES PUBLIQUES AURA LIEU

## HOTEL DROUOT — SALLE N° 1

Le Samedi 16 Février 1907, *à 2 heures précises*

| PAR LE MINISTÈRE DE | ASSISTÉ DE |
|---|---|
| M<sup>e</sup> Henri BERNIER | MM. PAULME & B. LASQUIN fils |
| COMMISSAIRE-PRISEUR | EXPERTS |
| 11, Rue Saint-Lazare, 11 | 10, rue Chauchat — Rue Laffitte, 12 |

### PARIS

*Chez lesquels se distribue le présent Catalogue*

## EXPOSITION PUBLIQUE

Le Vendredi 15 Février 1907, SALLE N° 1, de 1 heure 1/2 à 5 heures 1/2

PARIS — 1907

## CONDITIONS DE LA VENTE

---

Elle sera faite **au comptant.**

Les Adjudicataires paieront **dix pour cent** en sus des enchères.

L'Exposition mettant le public à même de se rendre compte de l'état et de la nature des objets, aucune réclamation ne sera admise une fois l'**adjudication prononcée.**

Paris. — Imp. MAULDE, DOUMENC et Cie, imprimeurs de la Cie des Commissaires-Priseurs, rue de Rivoli, 144.     1000 — 38433

Phototypie Bertrand, Paris

# Désignation

# TAPISSERIES

1 — Suite de quatre Tapisseries de la Manufacture de Bruxelles, du xvii<sup>e</sup> siècle. Sujets à grands personnages tirés de l'Histoire de la Guerre de Troie, avec encadrements sur deux côtés de colonnes torses enguirlandées de fruits et fleurs.

A la partie supérieure, cartouche avec inscriptions en latin et guirlandes de fruits et fleurs.

1° **MARIAGE DE DEIDAMIE**

Elle porte l'inscription suivante : *Æacides Thalamose, Jungit Deidamiae* ».

Marque de Bruxelles ainsi que la signature de G. VANDENSTRECKEN.

Haut.: 3m50 ; Larg.: 5m60.

### 2ᵛ COLÈRE DE MINERVE

Au cartouche l'inscription suivante : « *Abstinet a Ferro Æacides retinente Minerva* ».

Marque de Bruxelles et signée V. LEEFDAEL.

Haut. : 3ᵐ50 ; Larg. : 3ᵐ50.

### 3ᵉ COMBAT D'ACHILLE ET D'HECTOR

Avec l'inscription suivante au cartouche : « *Hector a Congressus certamine Vicit Achilles* ».

Elle porte la marque de Bruxelles et la signature de I.-V. LEEFDAEL.

Haut. : 3ᵐ50 ; Larg. : 4ᵐ20.

### 4ᵉ ACHILLE ATTEINT PAR LA FLÈCHE DE PARIS

Avec l'inscription suivante au cartouche : « *Sic moritur Paridis. Derectus cuspide Achilles* ».

Porte la marque de Bruxelles et la signature de G. VANDEN-STRECKEN.

Haut. : 3ᵐ50 ; Larg. : 4ᵐ20.

# FAIENCES HISPANO-MAURESQUES

## A REFLETS MÉTALLIQUES

—

1 — Plat à ombilic, figure chimérique au centre, encadrée de rosaces en bleu et feuillages, marli à oves en bleu et autres ornements. Revers, cercles concentriques.

Diam. 0ᵐ42.

2 — Plat creux à large marli à treize compartiments, limités par un relief: décoré par bandes avec cinq fleurons bleus, dans chaque compartiment. Armoirie au centre. Au revers bandes et rayures.

Diam. 0ᵐ.41.

3 — Plat à ombilic, au centre, chiffres entrelacés, imbrications, et marli à feuillages stylisés. Au revers cercles concentriques.

Diam. 0ᵐ38.

4 — Grand Plat entièrement décoré de feuillages stylisés. Au centre, oiseaux et animaux disposés en rosaces. Au marli, feuillages et animaux. Au revers, carrelages ou imbrications.

Diam. 0ᵐ51.

5 — Plat creux à ombilic, décoré de feuillage par bandes, même décor au marli en creux. Au revers feuillages et cercles concentriques.

Diam. 0ᵐ40.

135    6 — Plat creux décoré d'une étoile à quatre pointes en bleu et feuillages disposés régulièrement.

Diam. 0<sup>m</sup>36

405    7 — Plat décoré d'une biche, sur fond de fleurs et feuillages.

Diam. 0<sup>m</sup>40.

305    8 — Plat creux à ombilic, décoré par moitié, d'une rosace avec filets bleus. Au marli feuillages et fruits. Au revers, cercles concentriques et feuillages.

Diam. 0<sup>m</sup>38.

9 — Plat creux décoré d'un oiseau au centre, entouré de feuillages, marli à quatre compartiments. Au revers, semis de feuilles.

Diam. 0<sup>m</sup>40.

10 — Bassin creux, orné au centre d'une palme et d'œillets et feuillages. Sur la bordure, oiseaux et branches d'œillets. Au revers, fruits et feuillages.

Grand diam. 0<sup>m</sup>46.

195    11 — Plat creux à ombilic, décor de feuillages et trois branchages en bleu.

Diam. 0<sup>m</sup>37.

120    12 — Plat creux décoré au centre d'un triangle avec disque bleu. Au marli trois compartiments à oiseaux, feuillages et fleurs.

Diam. 0<sup>m</sup>36.

230    13 — Plat creux, décoré au centre d'un oiseau et autres animaux, sur fond de feuillages et cinq réserves à feuillages divers.

Diam. 0<sup>m</sup>38.

14 — Plat creux, décoré au centre d'un feuillage en bleu, et quatre oiseaux, sur fond de feuillages.

Diam. 0^m38.

15 — Plat décoré, au centre d'un lièvre, encadré d'une bordure, marli à rinceaux et huit fruits, bordé de bleu.

Diam. 0^m42.

16 — Plat rond, au centre un ornement et bandes concentriques, marli à quatre fruits bordés de bleu et feuillages.

Diam. 0^m37.

17 — Plat à ombilic, au centre un coq et feuillages en rinceaux au marli.

Diam. 0^m40.

18 à 27 — Dix Plats ronds à décor de feuillages en frise, quelques-uns avec fleurs au centre.

27 à 28 — Deux Plats longs à ombilic, à compartiments encadrés de bleu. Au centre de l'un deux, un Lion héraldique, feuillages et fruits.

Diam. moy., 0^m38.

29 à 38 — Dix Plats ronds, décor de feuillages et au marli, compartiments avec fruits.

39 à 48 — Dix Plats ronds, décor de feuillages par compartiments ; quelques-uns avec chiffres, animaux ou fleurs au centre.

49 à 58 — Dix Plats ronds, décor de feuillages et faux godrons.

59 à 68    Dix Plats ronds, décor de fleurs, compartiments ; quelques-uns avec
chiffre au centre.

69 à 78 — Dix Plats ronds, décor de godrons, feuillage, dents de loups, etc.

79 à 84 — Six Plats ronds ; bordure à dents de loups et ornements par bandes
concentriques.

85 à 88 — Quatre Plats ronds à ombilic, feuillages et en bleu.

89 à 92 — Quatre Plats, décor de compartiments et feuillages.

93 à 97 — Cinq Plats ronds, oiseaux et feuillages.

98 à 107 — Dix Plats ronds à décor d'œillets en fleurs.

108 à 113 — Six Plats ronds, décor d'oiseaux et feuillages.

114 à 118 — Cinq Plats ronds, à décor de feuillages, arabesques et fleurs.

119 à 126 — Huit Plats ronds à ombilic, avec trois et quatre fleurons en bleu,
feuillages et compartiments.

127 à 130 — Quatre Plats ronds, décor à rinceaux arabesques et oiseaux.

131 et 132 — Deux Plats à ombilic, décor de bandes bleues au marli et à la
chute ; feuillages et ornements.

133 à 136 — Quatre Plats, décorés au centre de rosaces et ornements par bandes et par étoile, feuillages et fruits.

Diam. moy. 0<sup>m</sup>38.

137 à 141 — Cinq Plats à ombilics, à décor d'animaux, rosaces ou feuillages.

Diam. moy. 0<sup>m</sup>39.

142 à 148 — Sept Plats creux avec oiseau au centre, entouré de branches d'œillets. Petite bordure.

Diam. moy. 0<sup>m</sup>38.

149 à 158 — Dix Plats ronds, décor de feuillages, fruits et bordures bleues.

159 à 166 — Huit Plats ronds, décor de feuillages, compartiments et bordures ou filets bleus.

167 à 176 — Dix Plats ronds, décor de feuillages, faux godrons et fleurs au centre.

177 à 183 — Six Plats ronds, décor de dents de loup, faux godrons, chiffres et fleurs au centre.

184 à 193 — Dix Plats ronds, décor de fleurs et frises ; compartiments et godrons simulés.

194 à 203 — Dix Plats ronds, bordure à compartiments de feuillages, godrons simulés, dents de loup, etc.

204 à 211 — Huit Plats ronds, décor à compartiments, bandes concentriques avec filets bleus.

212 à 221 — Dix Plats ronds, décor de dents de loup, compartiments à feuillages, ornements par bandes concentriques.

222 à 224 — Trois Plats ronds, décor de feuillages, faux godrons et fruits en gravures.

225 à 227 — Trois grands Plats, décor de feuilles de palmier, godrons et fruits.

228-229 — Deux Plats ronds, un grand et un petit, à décor de feuillages en relief, avec parties bleues.

230 — Vase rouleau à col rétréci, décoré par bandes horizontales de rinceaux et quadrillés.

231 — Vase à quatre anses, décoré par bandes horizontales, bleues et or, avec festons.

232 à 235 — Trois Vases à surprise et Porte-Bouquet en poterie vernissée, décor rouge et bleu.

236 à 245 — Dix petits Plats ou Ecuelles à décors variés.

246-247 — Pichet à anse et petite Coupe portée par trois chiens, décor d'œillets et feuillages.

248 à 251 — Quatre Vases en terre cuite à anses.

252 à 259 — Huit Vases porte-bouquet, en forme d'urne, décor à feuillages.

260 à 275 — Seize petites Écuelles à oreilles, feuillages, fleurs et ornements divers.

276 à 280 — Plat à barbe, deux Jattes et deux Plateaux, de décor varié.

281 à 298 — Environ cent soixante-dix Écuelles à décor de fleurs, oiseaux et œillets.

299 à 301 — Quatorze petites Écuelles, décor à fleurs variées.

302 — Plats non catalogués.

303 — Statuette en bronze patiné, par Dundorf (1857), représentant *Carl August*.

RED. :

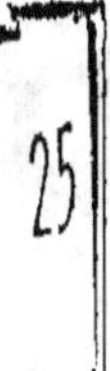

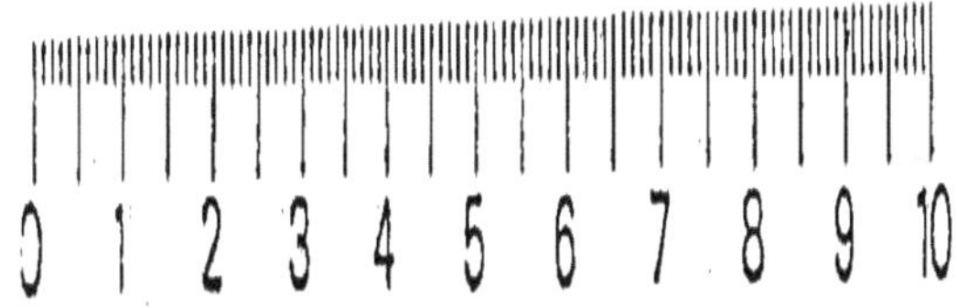

MIRE ISO N° 1
NF Z 43-007
**AFNOR**
Cedex 7 - 92080 PARIS-LA-DÉFENSE

graphicom

0 1 2 3 4 5 6 7 8 9 10